Chers amis rongeurs,
bienvenue dans le monde de

GERONIMO STILTON

TÉA STILTON

BENJAMIN STILTON

TRAQUENARD STILTON

PATTY SPRING

PANDORA WOZ

FARFOUIN SCOUIT

Texte de Geronimo Stilton.
*Basé sur une idée originale d'*Elisabetta Dami.
*Coordination des textes d'*Isabella Salmoirago.
Coordination éditoriale de Patrizia Puricelli.
*Édition d'*Alessandra Rossi.
Coordination artistique de Roberta Bianchi.
Assistance artistique de Lara Martinelli *et* Elisabetta Natella.
Couverture de Giuseppe Ferrario *(dessins)*
et Giulia Zaffaroni *(couleurs)*.
*Illustrations intérieures d'*Andrea De Negri *(dessins)*
et Valentina Grassini *(couleurs)*.
Cartes : Archives Piemme.
Graphisme de Marta Lorini.
Traduction de Marianne Faurobert.

www.geronimostilton.com

Pour l'édition originale :
© 2013, Edizioni Piemme S.p.A. – Palazzo Mondadori, Via Mondadori, 1 – 20090 Segrate, Italie
sous le titre *Lo strano caso dei brufoli blu*
International rights © Atlantyca S.p.A. – Via Leopardi, 8 – 20123 Milan, Italie
www.atlantyca.com – contact : foreignrights@atlantyca.it
Pour l'édition française :
© 2015, Albin Michel Jeunesse – 22, rue Huyghens, 75014 Paris
Blog : albinmicheljeunesse.blogspot.com
Loi 49-956 du 16 juillet 1949 sur les publications destinées à la jeunesse
Dépôt légal : premier semestre 2015
Numéro d'édition : 21320
ISBN-13 : 978 2 226 31525 0
Imprimé en France par Pollina S.A. en mars 2015 - L71143

Geronimo Stilton

ALERTE
AUX PUSTULES BLEUES !

ALBIN MICHEL JEUNESSE

UNE JOURNÉE
VRAIMENT SPÉCIALE

C'était un paisible lundi de la fin **septembre**, et je me préparais pour une journée vraiment **spéciale**.

Shhh...

JE ME LAVAI LES DENTS AVEC
DU DENTIFRICE À LA MENTHE
ET À LA MOZZARELLA!

Ce matin-là, j'étais attendu à l'école de mon neveu Benjamin pour inaugurer son nouveau **labo-ratoire** scientifique. Et je tenais à être élégant, charmant et irrésistible pour quatre **RAISONS**, pas moins :

1) pour faire bonne figure devant mon neveu ;

2) parce que la directrice de l'école est une **amie** chère ;

3) parce que je savais qu'*elle* serait là, *elle*, c'est-à-dire Doc, la **prof Point Doc. Giga**, une rongeuse trèèès séduisante et amie de Téa ;

JE COIFFAI MON PELAGE AVEC DU GEL BEAURATEL !

J'ENFILAI UN COSTUME REPASSÉ DE FRAIS !

4) parce que grand-père Honoré venait de m'appeler en s'époumonant :

– **GAMIIIN !** Tu t'es peigné les moustaches ? Tu t'es bien habillé ? Tu t'es préparé pour l'inauguration ? Tu as écrit un beau discours ? Essaie de ne pas avoir l'air d'un nigaud, pour changer, la réputation de *l'Écho du rongeur* est en jeu ! Compris, gamin ?

Je m'appliquai donc plus que d'habitude à me faire beau, et quand j'eus fini, je jetai un coup d'œil dans le miroir, puis je murmurai :

– Hem, pas mal !

Une touche de raffinement...

Un nuage de Maroillor !

JE MIS UNE CRAVATE DE SOIE ROUGE... TRÈS RAFFINÉE !

JE ME VAPORISAI D'UN NUAGE DE PARFUM AU MAROILLES.

Puis je sautai dans un **TAXI**, direction : l'école de Benjamin ! En route, je révisai mon discours, mais plus nous approchions du but, plus je m'agitais, et mes moustaches se mirent à *vibrer* de stress...

Le chauffeur était un **rongeur** de l'âge de grand-père Honoré, plus ou moins, grand et costaud, et portait de grosses ***moustaches*** en guidon de vélo. Il m'observait dans le rétroviseur et, à un feu rouge, il se retourna en fronçant les sourcils, et s'exclama :

– Vous ne seriez pas Stilton? *Geronimo Stilton?* Le directeur de *l'Écho du rongeur*?

– Hem… si, c'est moi, c'est bien moi!

– Eh bien, monsieur Stilton, vous avez le museau pâle comme un PETIT-SUISSE au clair de lune! Vous vous sentez bien? Vous ne souffrez pas du MAL DES TRANSPORTS, par hasard? Parce que j'y tiens, moi, à l'hygiène de ma voiture! En cas d'urgence, des SACHETS sont à votre disposition sous le siège… Je les garde toujours à portée

Hem… si, c'est moi!

de patte pour les rongeurs faiblards de l'estomac, comme vous.

Je m'efforçai de le rassurer :

– Ce n'est pas le mal des transports, seulement la **TROUILLE** ! Tout à l'heure, je vais devoir :

1) traverser une salle bourrée de monde en défilant sur un tapis rouge (*sans trébucher*) ;

2) prononcer un *discours* officiel devant un tas de rongeurs, de journalistes, de caméras de télévision (*sans bafouiller*) ;

3) couper le **ruban** inaugural (*sans m'entailler les pattes*) !

Le chauffeur haussa un sourcil et marmonna, perplexe :

– Monsieur Stilton, je n'aurais jamais cru que vous étiez aussi **TIMORÉ**... Je vous prenais pour un gars, *ou plutôt un rat*, brillant, comme votre grand-père **Honoré Tourneboulé** ! Je l'ai souvent chargé dans mon taxi, vous savez ?

Je tentai de me **justifier** :
– Heu… d'ordinaire… enfin, parfois… bref… de temps en temps… il m'arrive à moi aussi d'être… plus ou moins… assez dégourdi et brillant. Mais aujourd'hui, je dois parler en public et le stress me fait vriller les moustaches. D'ailleurs, excusez-moi, mais il faut que je révise…
Je me cachai derrière les *pages* de mon discours, tandis que le chauffeur ronchonnait :

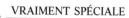

– Pfff… Les journalistes d'autrefois, c'était autre chose ! Son grand-père Honoré, ça oui, c'en était un vrai, pas une **mauviette** comme celui-là !
Heureusement, nous arrivions devant l'école primaire de Sourisia, celle que moi aussi, j'avais fréquentée, quand j'étais un souriceau de l'âge de Benjamin…

En descendant du taxi, je remarquai dans l'air une étrange **brume** bleue, accompagnée d'une terrible **puanteur** d'ail.

Bizarre !

UNE SOURIS DÉGOURDIE, BRILLANTE ET SÛRE D'ELLE...

Malgré ma trouille, ce matin-là, tout semblait se passer pour le mieux !

Je montai les marches de l'escalier sans trébucher...

Je saluai mon amie directrice d'un impeccable baisepatte. Enchantée, elle me dit :

– Tu es un vrai noblerat, Geronimo ! Je te trouve dans une forme éblouissante !

Pendant mon *discours*, enregistré par des dizaines de journalistes et filmé par toutes les télévisions de l'île des Souris, je ne bafouillai pas. Même pas une seule fois!!!

Une performance exceptionnelle pour un gars, *ou plutôt un rat*, **timide** comme moi!

Et au moment de **COUPER** le ruban pour inaugurer le nouveau laboratoire scientifique ultra-moderne de l'école, je ne m'entaillai pas les PATTES, je ne me tranchai pas les moustaches et je ne m'emmêlai pas dans les morceaux du ruban…

Incroyable!

Étais-je donc devenu une souris dégourdie, brillante, séduisante et sûre d'elle ? En tout cas, c'est fièrement (*trop fièrement !*) que j'entrai dans le laboratoire scientifique, tout heureux d'être enfin devenu ce gars, *ou plutôt ce rat*, dégourdi, brillant, séduisant et sûr de lui… C'est pourquoi, quand la directrice commença à me montrer les nouveaux équipements du laboratoire, je me tins le menton haut et le museau en l'air (*trop en l'air !*), comme le font les rongeurs dégourdis,

séduisants et sûrs d'eux, sans prendre garde au sol ciré de frais.

Je m'avançai d'un pas décidé (*trop décidé !*) vers la directrice afin de la féliciter.

– Ce laboratoire est vraiment ultra-modeeeeeee…

Je n'eus pas le temps d'achever ma phrase, car je **DÉCOLLAI** en glissant sur le sol si bien ciré et, après un splendide double **saut périlleux**, je me retrouvai planté la tête la première dans la corbeille à papiers.

Ooooh…

Aïe aïe aïe!

Quel nigaud!

Vous parlez d'une souris dégourdie, brillante, séduisante et sûre d'elle…

Scouit ! Comme j'avais l'air nigaud !

Une fois extirpé de la corbeille, je vis la directrice de l'école me fixer, les yeux écarquillés. Rouge de honte, je tentai de minimiser :

– Ne crois pas que j'ai GLISSÉ comme un nigaud, je… heu… voulais juste vérifier que le sol était parfaitement lisse !

Elle haussa un sourcil.

– Et ce PLONGEON dans la corbeille ?

Carrément écarlate, je répondis :

– Je… heu… voulais savoir si on l'avait bien vidée…

Scouit !

Scouit ! Comme j'avais l'air nigaud !

Elle éclata de rire, puis s'approcha et me murmura à l'oreille :

– Geronimo, tu es toujours aussi **nigaud** ! Tu n'as pas changé depuis l'école !

Puis elle me fit un bisou sur le museau, et je devins **CRAMOISI** d'embarras ! C'est à ce moment-là que je m'aperçus d'une chose bizarre, très trèès trèèès bizarre... Sur le museau de la directrice était apparue une énorme **pustule bleue** !

Mais...

Une pustule bleue !

ARGH !
UNE PUSTULE BLEUE !

Par mille mimolettes ! La pustule était si grosse et si bleue que je ne pus m'empêcher de la lorgner. Mon amie s'en aperçut et me demanda, inquiète :

– **Pourquoi lorgnes-tu mon museau ?**

Ne voulant pas la vexer, je bafouillai :

– Heu… non, rien, je contemplais juste tes beaux yeux bleus !

Elle chicota, agacée :

– Mes yeux ne sont pas bleus, ils sont **noirs** !

Elle sortit un miroir de poche, inspecta son museau et hurla, horrifiée :

– **ARGH ! UNE PUSTULE BLEUE !**

Une pustule bleue !

Elle en tomba dans les pommes, et je lui fis respirer un petit morceau de **parmesan** affiné pour la ranimer (*c'est un remède souverain pour nous, les souris*). Mais voilà que l'instant d'après, un hurlement retentit :

– ARGH ! UNE PUSTULE BLEUE !

Puis il y en eut un autre... et un autre... et encore un autre. Et chaque fois le même cri :

ARGH ! ARGH !

– ARGH ! UNE PUSTULE BLEUE ! ARGH !

Par mille mimolettes, que se passait-il donc ? Naturellement, le bout de mon museau se mit à me DÉMANGER. Savoir si une pustule bleue m'était poussée ?

Tandis que tout le monde rejoignait le buffet, je courus aux t o i l e t t e s pour vérifier...

Mais heureusement, je n'avais aucune **pus‑ tule bleue**, pour le moment !

Je revins vers la salle du buffet, en me disant que cette affaire de pustules était bizarre, très bizarre !

C'est alors que je tombai sur *elle*, en compagnie de ma sœur Téa. *Elle*, c'est-à-dire Doc (ou plu‑ tôt, la prof Point Doc. Giga, dite Doc). C'est une rongeuse coriace, décidée, énergique, intel‑ ligente et très séduisante. Bref, tout à fait mon genre ! Mais je n'ai pas le moindre espoir avec *elle*, car chaque fois que je la rencontre, je passe pour un nigaud !

J'avais le vague espoir qu'elle n'ait pas assisté à mon VOL dans la cor‑ beille. Peut-être regardait-elle ailleurs à ce moment-là…

Mais en venant à ma rencontre, *elle* (c'est-à-dire Doc) me PINÇA la joue en disant :

Doc

– Bravo, mon coco, tu as fait un superbe discours !
Et félicitations pour le **PLONGEON** !

! / \ ! Scouit ! ! / \ !
Comme j'avais l'air nigaud !

CRAMOISI de honte, je poursuivis mon chemin, avec le moral dans les chaussettes et la tête

Bravo, mon
coco !

fourmillante de **questions** à cause de cette
étrange affaire de pustules bleues.

Quand j'arrivai dans la salle du buffet, la situation
s'était aggravée : il y avait des rongeurs couverts
de *pustules bleues* dans tous les
coins !

Alors, je m'approchai de mon amie la directrice,
et je lui dis à l'oreille :

– Euh, il vaudrait mieux que tout le monde rentre

C'est peut-être contagieux…

chez soi, tu ne crois pas ? Cette affaire de pustules bleues est vraiment louche…

Puis je baissai la voix d'un ton et je murmurai :

– C'est peut-être contagieux…

Convaincue, elle me répondit :

– Tu as raison, Geronimo !

Puis elle saisit le micro et déclara :

– Chères amies rongeuses, chers amis rongeurs… Merci d'avoir participé à… à cet événement ! Mais les festivités sont terminées, ce fut très joyeux, et maintenant… au revoir et merci !

Un cornet géant de glace à la banane...

Je pris Benjamin par la patte et nous quittâmes
l'école. En chemin, il me dit, tout content :
– Oncle G ! Félicitations pour ton discours, tu as
été génial !
Pandora, à côté de lui, s'esclaffa :
– Ce que j'ai préféré, c'est la surprise finale, avec
le **PLONGEON** dans la corbeille à papiers !
Je fis semblant de rien, car *elle*, c'est-à-dire Doc,
s'approchait de nous.
Elle me **PINÇA** la joue et s'exclama :
– Bravo, mon coco ! La directrice m'a appris
que c'était ton idée, de renvoyer tout le monde
à la maison. Tu as bien fait : ces pustules bleues

pourraient être contagieuses. Félicitations, tu n'es peut-être pas aussi nigaud que tu en as l'air, après tout...

CRAMOISI d'embarras, je bredouillai sans respirer :

– *Heu... compliment pour le merci, je veux dire... merci pour le compliment... même si je ne suis pas vraiment sûr sûr sûr et certain que ce soit un vrai compliment, car j'ai la légère impression que tu me considères comme un indécrottable nigaud... Mais moi, je suis plein d'espoir : je voudrais tant ne pas avoir l'air si nigaud ! Enfin, merci quand même et au plaisir, à bientôt !*

Puis je restai planté là tandis qu'*elle*, c'est-à-dire Doc, s'éloignait en riant sous cape.

Heu!

Tu n'es pas si nigaud, après tout!

! !∧! Scouit ! !∧!
Comme j'avais l'air nigaud !

Je m'en serais arraché les moustaches de désespoir, mais Benjamin et Pandora étant là, je m'efforçai de faire bonne figure en leur proposant :

– Que diriez-vous d'une méga GLACE, les souriceaux ?

Ils s'écrièrent :

– Merci ! Quelle idée assourissante !

Je les emmenai chez le glacier Crèmedor, le meilleur de Sourisia, et nous nous assîmes à une table pour savourer la spécialité de la maison : la « Coupe des sept délices ».

MIAMIAMIAMMMM !

J'attaquais la deuxième STRATE de glace de ma coupe (*fromage blanc*

panaché à la menthe), quand j'entendis une voix susurrer :

– Hé, pssst !

Bizarre, cette voix m'était familière...

Je me retournai, mais je ne vis personne. Je repris

ma cuillère, et me remis à déguster ma « Coupe des sept délices », lorsque la voix m'appela de nouveau :

– Hé... pssst ! Pssst ! C'est à toi que je cause !

Je me retournai de nouveau, mais derrière moi, il n'y avait qu'un énorme cornet glacé

à la banane, de ces objets publicitaires qu'on voit chez les glaciers.

Bizarre !

Je m'apprêtais à engloutir une cuillerée de glace, quand quelqu'un me flanqua une BOURRADE dans le dos, me projetant le museau en plein dans ma coupe !

Puis, la voix familière me dit :

– Pfff, Stilton*itou*, t'es vraiment qu'un *corni-chouille* ! C'est la troisième fois que je t'appelle !

Je me re-retournai une fois encore, tout en essuyant le fromage blanc à la menthe de mes YEUX, et je vis alors un

T'es vraiment qu'un cornichouille !

museau **tordu**, avec de *GROSSES* dents en avant, surgir du cornet de glace à la banane.

– Pssst, c'est moi, ton *'tit* pote Farfouini*tou*! Il te botte, mon **déguisement** de glace aux bananettes?

Je murmurai :

– Farfouin? Qu'est-ce que tu fais ici?

– J'**ENQUÊTE**... Tiens-toi prêt, j'ai une affaire sur le feu! Y a un *'tit* mystère en vue, Gero*mini*! Et tu dois m'aider à le résoudre!

Farfouin?!

Mon ami **FAR-FOUIN SCOUIT** est détective privé, et il m'entraîne toujours dans des enquêtes extravagantes.

Curieux, je lui demandai donc :

FARFOUIN SCOUIT

Prénom : Farfouin.

Nom : Scouit.

Qui est-ce : l'ami de longue date de Geronimo Stilton. Il le connaît depuis l'école maternelle et, déjà à cette époque, il lui en faisait voir de toutes les couleurs !

Profession : détective privé. Il dirige l'agence Scouit.

Passions : il adore les blagues et les déguisements, il s'amuse beaucoup à surprendre Geronimo avec toute sorte de panoplies.

Son rêve : la plus grande aspiration de Farfouin est de combattre le Mal, avec un grand M.

Son cri de guerre : Farfarfarfarfarfouinfouinfouinfouin-scouit !

Son secret : il raffole des bananes, et soutient qu'elles sont thérapeutiques : elles guérissent tout, du rhume aux cors aux pieds !

– Et de quel mystère s'agit-il, cette fois ?

– Je ne sais pas encore, mais prépare-toi ! Fais danser tes *'tits* yeux, ramone un peu tes conduits acoustiques* et reste aux aguets, compris, Gero*mini* ?

Je protestai :

– Comment veux-tu que je reste aux aguets, si je ne sais même pas ce qu'il faut chercher ?

Mais il avait déjà DISPARU.

Benjamin et Pandora ne s'étaient aperçus de rien, trop occupés à savourer leur « **Coupe des sept délices** ». Quand ils eurent fini leur septième strate (*chocolat et gorgonzola piquant, avec pistaches et fruits confits*), ils s'exclamèrent pour la septième fois :

QUEL DÉLICE !

Puisqu'elle était vide, ils lâchèrent enfin leur coupe des yeux, me reluquèrent, éberlués, et… éclatèrent de rire !

– On voit qu'elle t'a plu, la « Coupe des sept

* Ramone un peu tes conduits acoustiques : ouvre grand tes oreilles, dans le langage de Farfouin.

délices », hein, oncle G ? Tu as directement **PLONGÉ** le museau dedans !

**! /\ ! Scouit ! ! /\ !
Comme j'avais l'air nigaud !**

Elle t'a plu, hein ?

Tu as plongé le museau dedans !

UNE ÉTRANGE NOUVELLE…

Quand j'eus raccompagné Benjamin et Pandora, je courus à la maison prendre une douche, car j'étais accompagné d'une agaçante nuée de moucherons ! Pour m'en débarrasser, je procédai à un **TRIPLE** savonnage au gel douche parfumé à la mozzarella et au talc !

Miam!

Puis, en pantoufles et peignoir, je me préparai un en-cas : un **TRIPLE** sandwich au gorgonzola, gruyère et parmesan, et un grand verre de milkshake **TRIPLE** : crème, yaourt et menthe !

Miammmm!

Après quoi, j'allumai la **TÉLÉVISION** pour regarder les informations. J'avais à peine commencé à grignoter mon **triple sandwich**, que je faillis avaler de travers, quand le présentateur annonça cette étrange nouvelle :

« Et maintenant, des informations *alarmantes* de Sourisia, la capitale de l'île des Souris. Il semble que de nombreux rongeurs soient atteints d'une mystérieuse maladie, très contagieuse, qui provoque d'inhabituelles *pustules bleues* ! Les meilleurs scientifiques de Sourisia mènent actuellement des recherches sur cet inquiétant phénomène. À très bientôt,

sur **RAT TV**, pour de nouvelles informations au sujet de l'étrange affaire des pustules bleues ! »
J'éteignis mon téléviseur et, en me rhabillant à la vitesse de la lumière, j'appelai la rédaction.

À *l'Écho du rongeur* régnait déjà une grande agitation.

Avant que j'aie le temps de dire « scouit », Pimentine Pimenta me couina aux oreilles :

– CHEEEEF ! Où es-tu ? Où t'es-tu planqué ?!

Tu as entendu la nouvelle des pustules bleues ? **QU'EST-CE QU'ON FAIT ?!!**

– Pimentine, convoque toute la rédaction : réunion urgente, et même **URGENTISSIME** !

Puis je téléphonai au maire, mon vieil ami Honoré Souraton. Lui aussi me hurla aux oreilles :

– **GERONIMOOOO**, votre numéro sonne toujours occupé ! J'ai besoin de l'aide de votre journal pour tranquilliser les habitants de Sourisia. Je compte sur vous, c'est compris ?

Enfin, j'appelai Téa et, naturellement, elle ne manqua pas de me crier à son tour aux oreilles :

– Ger, tu as entendu la NOUVELLE à propos des pustules bleues ?!

– Oui, bien sûr ! Appelle tout le monde,

Où es-tu ?

Geronimoooo !

Tu as entendu la nouvelle ?!

parents et amis, rendez-vous à *l'Écho du rongeur* dans une demi-heure !

Je me précipitai dehors pour foncer à la rédaction. Dans la rue, je croisai une foule de rongeurs réagissant à l'état d'**URGENCE** de manière extravagante !

Sur le trottoir, je me cognai dans un gars, *ou plutôt un rat,* LOUFOQUE qui se baladait en

combinaison de **PLONGÉE**, avec un masque et un tuba…

Un autre s'était juché sur des **ÉCHASSES** (*afin de respirer l'air des cimes !*), un troisième était tout enveloppé de **PAPIER ALUMINIUM**.

Je vis aussi une rongeuse badigeonnée d'une mixture de **GORGONZOLA** avarié ultra-puant, entourée d'un nuage de moucherons !

En me **BOUCHANT** les narines, je lui demandai :

– Badabe, ge vous debande bardon, bais bourgoi vous êdes-vous dardidée de gorgonzola uldrabuant ? (*Traduction : madame, je vous demande pardon, mais pourquoi vous êtes-vous tartinée de gorgonzola ultra-puant ?*)

Elle me répondit, **SCANDALISÉE** :

– Mais enfin, monsieur Stilton ! Vous n'êtes pas au courant ? L'odeur éloigne les **MICROBES** !

C'est l'amie de la belle-mère de la coiffeuse qui me l'a appris...

Mais j'avais cessé de l'écouter en voyant passer Traquenard... coiffé d'un casque de **SCAPHANDRIER** !

Il me fit une grimace et se moqua de moi. Je n'entendais rien, à cause du casque, mais je compris ce qu'il chantonnait en lisant sur ses lèvres :

– *Les pustules bleues, elles seront pour ta fiole, avec ce casque, moi je m'en bats l'œil !*

Un cas typique de...
béguin sans espoir !

Quand j'arrivai à *l'Écho du rongeur*, la salle de réunion était **archicomble** ! Pour accueillir tout le monde, il avait fallu installer une double rangée de sièges autour de la table. **TOUS**, absolument **TOUS** les collaborateurs du journal, **TOUS**, absolument **TOUS** mes amis, **TOUTE**, absolument **TOUTE** ma famille, y compris grand-père Honoré, étaient présents !

J'avais demandé qu'on ne le prévienne pas, mais il était là, en première ligne ! Grand-père est comme ça : il arrive toujours à tout **SAVOIR** ! Et lorsqu'il y a

GRAND-PÈRE HONORÉ

une urgence, il rapplique à *l'Écho du rongeur* et il reprend les manettes !

Dès qu'il me vit, il fulmina :

– **Honte à toi, gamin, tu es toujours le dernier !** Et maintenant, au boulot, le temps presse, la panique a gagné la ville et les **pustules bleues** pullulent !

Traquenard bondit sur ses pattes en brandissant une ⓟⓐⓝⓒⓐⓡⓣⓔ sur laquelle il avait écrit : « La solution, la voilà : un bon casque, et zoup là ! »

J'intervins :

– Traquenard, sérieusement, ce n'est pas une bonne idée ! On ne peut pas vivre tout le temps avec un casque sur la tête. Il faut trouver une vraie solution à ce problème !

Grand-père ajouta :

– Bravo, bien dit, gamin ! Tu as l'air *presque* intelligent, quand tu veux. Bref, on voit que tu es mon petit-fils, après tout ! Comme j'ai toujours une longueur d'avance, j'ai déjà trouvé une solution ! Ou plutôt, voici qui la trouvera : mon cher ami le ***professeur Souratonov*** !

Je remarquai alors, debout derrière mon grand-père, un rongeur au regard *doux* et intelligent. Il s'éclaircit la voix et déclara :

– Amis rongeurs, les casques de scaphandrier et autres bricolages sont inefficaces ! Pour combattre cette étrange maladie des pustules bleues, nous devons avant tout la connaître. C'est seulement ainsi que nous découvrirons le

Professeur Souratonov

Nom : professeur Soura-tonov.

Âge : sans âge. Aussi dynamique que grand-père Honoré.

Yeux : foncés et très vifs.

Taille : immense.

Adresse : 103, rue du Neurone, Sourisia.

Profession : méde-cin et chercheur (treize fois diplômé).

Signe particu-lier : toujours souriant.

Son secret : il est végétarien.

Sa devise : mieux vaut prévenir que guérir !

TRAITEMENT le plus adapté, et la façon d'éviter toute contamination !

Traquenard haussa les épaules et exhiba une autre pancarte, sur laquelle il avait écrit : « Ôter mon casque ? Même pas en rêve ! Les microbes ne laissent pas de trêve ! »

TRAQUENARD ne changera jamais : quand il se met une chose en tête, pas moyen de l'en faire sortir !

Téa **DEMANDA** :

Voici une petite liste !

– Et nous, à *l'Écho du rongeur*, que pouvons-nous faire ?

Le professeur Souratonov sourit :

– VOUS POUVEZ FAIRE BEAUCOUP ! VOICI UNE PETITE LISTE...

Je pris cette liste, étonné, en pensant : « Quelle coïncidence, le professeur

Souratonov a la manie des **inventaires**, comme grand-père ! »

Je la lus, en repérai les points essentiels, puis je déclarai :

– C'est **NOUS** qui diffuserons les informations les plus urgentes !

Le professeur se leva et conclut :

– Merci ! En attendant, je cours au laboratoire entamer immédiatement les **recherches** ! J'y suis attendu par le **PROFESSEUR VOLT**, et par les meilleurs chercheurs de Sourisia, dont l'excellente prof Point Doc. Giga, dite Doc !

> **VOICI CE QUE FERA L'ÉCHO DU RONGEUR :**
>
> 1) TENIR INFORMÉS LES CITOYENS GRÂCE À UNE ÉDITION SPÉCIALE DU JOURNAL EXPLIQUANT LES CHOSES À FAIRE ET LES CHOSES À NE PAS FAIRE ;
>
> 2) LEVER DES FONDS POUR FINANCER LES RECHERCHES ;
>
> 3) IMPRIMER ET DISTRIBUER DES TRACTS AVEC TOUTES LES RÈGLES À SUIVRE, C'EST-À-DIRE :
> – SE LAVER SOUVENT LES PATTES POUR LES DÉSINFECTER,
> – BOIRE DES JUS DE FRUITS ET DE LÉGUMES POUR RENFORCER LES DÉFENSES IMMUNITAIRES,
> – RESTER CALME ET S'ADRESSER À SON MÉDECIN EN CAS DE PROBLÈME.

Dès que j'entendis ce nom, je rougis et me mis à bafouiller :

– Heu… *je volondrais vientiers*, je veux dire, je viendrais volontiers avec vous. Ainsi, je pourrais informer nos lecteurs en direct des progrès de mes fiançaill… euh, des progrès de vos recherches !

Le professeur Souratonov m'**OBSERVA**, perplexe. Ensuite, il abaissa une de mes paupières, prit mon pouls, mesura ma tension et me fit ouvrir la bouche. Puis il murmura :

– Hem… Hemmm… œil **hagard**, tension élevée, oreilles rouges, joues **CRAMOISIES**, genoux **FLAGEOLANTS**… langue chargée… Ça ne fait aucun doute… il s'agit d'un cas typique de…

Je l'interrompis, inquiet :

– Professeur, je vous en prie, dites-moi la vérité ! Suis-je atteint de la maladie des **pustules bleues** ?

– Oh non, rien de tel, vous êtes frais comme un gardon !

Il me fit un clin d'œil, puis chuchota à mon oreille :

– Monsieur Stilton, vous êtes un cas typique de…

béguin sans espoir !

Hem… langue chargée !

Hi, hi, hi !

QUELLE ÉQUIPE ASSOURISSANTE, MES AMIS !

Grand-père Honoré me lorgna par-dessus ses lunettes d'acier, et grogna :

– Gamin, que signifient ces simagrées de SOURIS RIQUIQUI ? Ne me déçois pas, ne me fais pas honte devant mon ami ! *METS-TOI AU BOULOT, AU LIEU DE BÂILLER AUX CORNEILLES !* À toi de jouer, mais si tu fais n'importe quoi, je reviens et je remets au pas toute la baraque, compris ?!

Mets-toi au boulot, compris ?!

Je promis à grand-père de faire de mon mieux. Quand Souratonov et lui eurent levé le camp, je planifiai le travail pour préparer l'édition spéciale de *l'Écho du rongeur*, imprimer les tracts et lever les fonds pour la recherche. Tous mes collaborateurs et tous mes AMIS se portèrent volontaires et je confiai une mission à chacun.

QUELLE ÉQUIPE ASSOURISSANTE, MES AMIS !!!

Traquenard, Téa, Benjamin et Pandora proposèrent de m'accompagner au laboratoire du professeur Souratonov pour suivre l'avancée des recherches. Téa se chargerait de prendre des PHOTOGRAPHIES, Benjamin et Pandora eurent l'idée de rédiger un blog (*c'est-à-dire un journal en ligne sur internet*) pour informer nos lecteurs en direct, Traquenard nous divertirait avec ses blagues.

Tous ensemble, nous fonçâmes au C.S.S., le Campus Scientifique de Sourisia, où s'activait l'ÉQUIPE du professeur Souratonov.

QUELLE ÉQUIPE ASSOURISSANTE, MES AMIS !!!

Ho, ho!

Ha, ha, ha!

Hi, hi, hi!

Et hop

Traquenard amusait tout le monde avec ses blagues et ses farces.

Chacal proposa aux habitants de Sourisia des exercices pour garder la forme.

Qu'en dis-tu?

C'est prêt?

C'est parti!

STAMP

Mes collaborateurs rédigèrent un tract avec des instructions à suivre pour renforcer les défenses de l'organisme et éviter la contamination !

Pas touche!

Oncle Demilord Zanzibar voulut à tout prix s'occuper de réunir les fonds pour financer la recherche. Sachant à quel point il est pingre, j'exigeai que tante Toupie le surveille, car c'est elle la plus généreuse de tous les Stilton! Wild Willie et Zéro Zéro K, experts en arts martiaux, montaient la garde pour défendre l'argent récolté contre les voleurs!

Pina prépara des jus de fruits et de légumes frais pour toute l'équipe!

Un jus tout frais?

Ce **campus** tout neuf avait été bâti dans un quartier de la banlieue de Sourisia (*il était si récent qu'il ne figurait pas encore sur les cartes !*). **C'était le quartier des sciences !**

C'est ici que s'était installés les laboratoires les plus modernes et les bibliothèques scientifiques les mieux fournies. Dans ce quartier, l'*ÉLITE* des *CHERCHEURS* étudiait et travaillait.

Nous fûmes accueillis à l'entrée par un gars, *ou plutôt un rat,* grand et athlétique, avec une

Que de savants...

... et de chercheur

TAXI

Trop fort

𝔹𝕃𝕆𝕌𝕊𝔼 d'un blanc éclatant et un ⁀sourire⁀ cordial.

– Vous devez être monsieur Stilton ? Je suis Frédéric Frisottis, assistant de recherche. Appelez-moi donc Fred. *Venez avec moi, le professeur vous attend !*

Téa lui serra la patte.

– Enchantée, Fred ! Je suis Téa, et voici Benjamin, Pandora et Traquenard !

– Soyez les bienvenus ! Pour des raisons d'**hygiène** et de **sécurité**, je vous demanderai d'enfiler ces blouses.

Puis il nous tendit des cartes à nos noms.

– Ce sont vos **badges** d'identification, portez-les bien en vue.

Niveau
DE SÉCURISOURITÉ 3 !

Fred Frisottis nous conduisit à travers un dédale de couloirs et de salles, de cours, de HAN-GARS et d'escaliers. Enfin, nous arrivâmes devant le laboratoire du professeur Souratonov. Il nous plaça en file indienne sur une LIGNE

jaune, et une **CAMÉRA** filma nos pupilles. Puis, cinq bras mécaniques équipés de pinces arrachèrent à chacun de nous un poil de moustache. Nous chicotâmes en chœur :

– Aïe !

Fred nous expliqua :

– Désolé pour vos moustaches, mais c'était nécessaire ! À présent, le système de sécurité reconnaîtra vos **YEUX** et votre **ADN***.

J'opinai.

– Je comprends, j'y suis habitué, enfin presque… (*c'est toujours aussi désagréable de se faire tirer les moustaches !*) : le professeur Volt tient beaucoup au **secret** lui aussi.

* *L'ADN désigne le code génétique, qui est différent pour chaque être vivant.*

LES NIVEAUX DE SÉCURITÉ DANS LES LABORATOIRES SCIENTIFIQUES

Dans les laboratoires scientifiques, suivre des règles précises pour la sécurité et la protection de tous est impératif. Blouses, gants, lunettes, masques, et hottes aspirantes spéciales font partie de l'équipement destiné à éviter le contact avec des substances dangereuses. Il existe trois niveaux de sécurité pour ces laboratoires, selon la dangerosité des expérimentations qui s'y déroulent. Le niveau 3 est le plus rigoureux, il exige une sécurité maximale !

– Attention, le laboratoire du professeur Souratonov est classé au niveau de « SÉCUSOURITÉ 3 », ajouta Fred. Cela signifie que vous devrez revêtir des **couvre-pattes**, des protège-oreilles, des masques, des lunettes de protection et des **gants** en maille. Tout est clair ?

Quand nous fûmes prêts, il composa un code d'accès sur un **clavier**. La porte s'ouvrit et il nous conduisit à l'intérieur du bâtiment.

Le professeur Souratonov vint à notre rencontre en chuchotant :

Professeur Volt et Deutérium Volt

Le professeur Ampère Volt et son neveu Deutérium sont deux savants spécialisés dans les voyages dans le temps.

Fred Frisottis et Blandine Chafouine

Fred Frisottis est un brillant biologiste. Blandine Chafouine… on ne sait pas vraiment qui elle est, mais elle a l'air très bien !

– Bienvenue, je vais vous faire visiter le **laboratoire**. Parlez doucement, s'il vous plaît, afin de ne pas déranger les chercheurs ! Ils doivent se concentrer car ils effectuent des manipulations extrêmement délicates. *Monsieur Stilton*, vous prendrez des notes. Votre grand-père m'a demandé de vous tenir à l'œil ! Les lecteurs du journal doivent être informés avec précision...

Je me dépêchai de lui répondre :

– Bien sûr, professeur !

Docteur Poupard et professeur Raternic

Le docteur Poupard est spécialisé en pustules et bubons ! Le professeur Raternic est médecin dans l'astronautique.

Prof Point Doc. Giga, dite Doc, et Voltarine Volt

Doc, c'est Doc ! À nulle autre pareille ! Voltarine Volt est philosophe, spécialiste de bioéthique.

Puis je saisis mon *CARNET*, et commençai à écrire rapidement. Tout d'abord, je notai les noms et les domaines de recherche de chaque scientifique.

Nous vîmes le professeur Volt et son neveu Deutérium, le professeur Raternic, Voltarine Volt et le docteur Poupard, ainsi que de nombreux jeunes chercheurs, parmi lesquels une charmante rongeuse aux *cheveux* blond platine et aux YEUX bleu glacier. C'était une certaine Blandine Chafouine, chercheuse en biotechnologie, titulaire d'une bourse de l'entreprise *Souritec*.

COMMENT COMPOSE-T-ON UNE ÉQUIPE DE RECHERCHE ?

Une équipe de recherche comprend de nombreux chercheurs en disciplines diverses, car les problèmes à résoudre sont, la plupart du temps, nombreux et variés. Les chercheurs sont ainsi des biologistes, des médecins, des physiciens, des chimistes… Depuis peu, les groupes de recherche incluent souvent des experts en bioéthique et des philosophes, qui évaluent le bien-fondé des recherches et des expérimentations (afin de déterminer s'il est juste de les poursuivre ou s'il vaut mieux les suspendre).

Et bien sûr, *elle* était là ! *Elle*, la prof Point Doc. Giga, dite Doc !

Scouit ! Quelle émotion !

Quand je passai à côté d'elle, bouleversé, je trébuchai sur le pied d'une chaise et m'étalai par terre…

SBLANG !

Voici l'éprouvette !

LA RATILLITE DÉSOURISANTE

Tous les chercheurs se retournèrent pour me regarder : j'étais **CRAMOISI** d'embarras.

Téa me gronda :

– Tssst, Geronimo, tu ne peux pas faire un peu attention, pour une fois ?

Traquenard me flanqua une **CHIQUE-NAUDE** sur l'oreille.

C'est inouï!

– Cousin, fais au moins semblant de ne pas être un nigaud, pour une fois !

Blandine Chafouine se leva, furieuse, et glapit :

– C'est inouï ! Je ne peux pas travailler dans ces conditions !

Puis elle quitta la pièce en **claquant** la porte.

Quel caractère !

Fred Frisottis commenta :

– Elle est un peu tendue, mais c'est la meilleure dans son domaine, une pointure !

Doc lui lança un coup d'œil torve, puis nous rejoignit et me **PINÇA** la joue.

– Te voilà, mon coco ! Je savais que tu étais là, j'ai entendu ce **SBLANG !** si caractéristique que produit ton museau en cognant le sol !

Confus, je marmonnai :

– Je n'ai pas *trébuché*, je voulais seulement… hem… vérifier que le sol était bien propre.

Quelle honte ! Par chance, le ***professeur Souratonov***

Te voilà, mon coco !

nous invita tous à le suivre dans la salle de réunion pour une communication d'importance...

Il s'installa derrière une longue chaire, s'éclaircit la voix et déclara :

– Chers collègues, j'ai deux nouvelles : une bonne, et une mauvaise. Laquelle voulez-vous apprendre en premier ?

Nous nous exclamâmes :

– **LA BONNE !**

Le professeur, sérieux, se tourna vers moi.

– Notez, Geronimo ! C'est fait ?

– Certainement, professeur, mais je vous en prie, dites-nous quelle est cette bonne nouvelle !

– La bonne nouvelle, c'est que j'ai découvert, dans un texte ancien, le nom de cette mystérieuse maladie des pustules bleues. C'est la RATILLITE DÉSOURISANTE ! C'est noté, Geronimo ?

– Oui, professeur ! Et la mauvaise nouvelle ?

– La mauvaise nouvelle... c'est qu'il n'existe aucun traitement, pour le moment ! C'est donc

Ratillite désourisante

Maladie rarissime provenant du Sourikistan, décrite il y a plusieurs siècles par le docteur Sourizoglou, remarquable médecin, dans un très ancien traité intitulé : *De la mystérieuse maladie des pustules bleues, autrement appelée ratillite désourisante.*

Symptômes :
pustules bleues partout, surtout
sur le museau !

Évolution :
en l'absence de soins, elle finit par provoquer une paralysie de la queue et même (horreur !), la chute de la queue elle-même.

Causes : inconnues !

Remède : inconnu !

Hypothèses de travail :
– analyser les pustules bleues ;
– identifier les causes de la maladie ;
– mettre au point un traitement.

PROTOCOLE DE RECHERCHE POUR L'ÉTUDE DE LA MALADIE DES PUSTULES BLEUES, OU RATILLITE DÉSOURISANTE

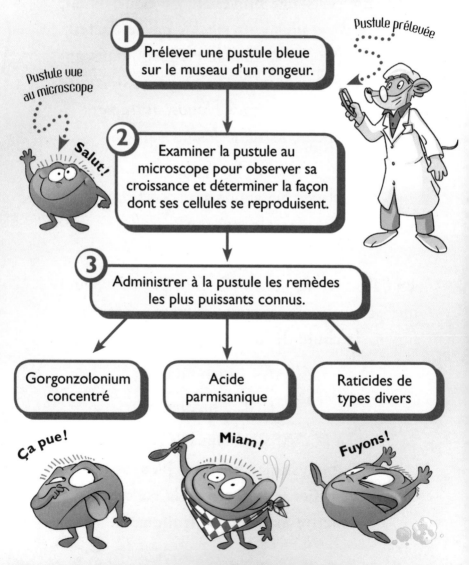

Pustule prélevée

1 Prélever une pustule bleue sur le museau d'un rongeur.

Pustule vue au microscope

Salut!

2 Examiner la pustule au microscope pour observer sa croissance et déterminer la façon dont ses cellules se reproduisent.

3 Administrer à la pustule les remèdes les plus puissants connus.

Gorgonzolonium concentré

Acide parmisanique

Raticides de types divers

Ça pue!

Miam!

Fuyons!

à nous d'en trouver un ! Mon assistant, Fred Frisottis, va vous distribuer les protocoles de recherche*. Bon travail à tous !

Tous les chercheurs quittèrent la salle en discutant du **protocole**.

Quant à moi, je n'y avais compris croûte !

Hélas, je ne suis pas très calé en sciences, **micrOSCOpes**, ADN, cellules et tout le tintouin ! Aussi, j'allai m'asseoir dans un coin du campus pour remettre mes notes au propre avant de les expédier à *l'Écho du rongeur*.

C'est à ce moment-là qu'un CACTUS me piqua l'arrière-train...

Je chicotai :

– Ouille !

Et le cactus me répondit :

Ouille !

Pssst !

* Description détaillée des diverses phases et procédures d'une recherche, que chaque chercheur doit suivre très exactement.

– Pssst, Ge*romini*, c'est moi, Farfouin ! Elle t'a plu, ma **blagounette** ?

– Non, elle ne m'a pas plu, tu m'as fichu des **épines** plein le derrière !

– Allez, ne fais donc pas ton geignardou* et ramone un peu tes conduits acoustiques. À partir de maintenant, tu devras rester aux aguets **NUIT** et **jour**.

Je protestai :

– Nuit et jour ? C'est vraiment nécessaire ?

– Sûr, Ge*romini*, tu dois avoir tous les chercheurs à l'**ŒIL**, ne jamais les perdre de vue, même pas une toute *'tite* minute. Et comme *ils* travaillent nuit et jour, *tu* devras rester éveillé nuit et jour ! *Moi*, pendant ce temps-là, je suivrai une autre piste.

– Et si, heu… j'ai envie de faire **pipi** ?

– Tant pis !

– Et si j'ai **SOMMEIL** ?

– Tant pis !

– Et si j'ai **faim** ?

Faire le geignardou : se plaindre, dans le langage de Farfouin.

– Pfff, Gero*mini,* comporte-toi en vrai rongeur ! Je te laisse une **provision** de bonbons aux bananettes, pour tenir le coup, si tu as une *'tite* faim !

Je protestai :

– Flûte ! Je déteste les *bonbons aux bananettes* !

Mais Farfouin en prit une poignée et me les fourra dans le bec.

– Mais si, goûte-les, tu vas adorer !

BERK, ILS ÉTAIENT IMMONDES !

Berk !

NUIT ET JOUR,
SANS FERMER L'ŒIL !

Dès lors, je gardai les yeux bien ouverts, **NUIT** et *jour*, comme Farfouin me l'avait demandé. Je ne quittais plus le laboratoire, car le professeur Souratonov et son équipe de **chercheurs** y travaillaient sans relâche, à toutes les heures du jour et (*hélas*) de la nuit. Ils en auraient oublié de manger mais, heureusement, de temps en temps,

Tout va bien!

1er jour

Tout va bien!

Quel mal de crâne!

2e jour

Tête dans un étau!

Ouille ouille!

3e jour

Cernes de panda!

Pina leur apportait un plat de lasagnes aux trois fromages pour les réconforter.

Le premier jour, tout se passa bien, le deuxième, j'avais la tête prise dans un étau, le troisième jour, des cernes de panda, le quatrième jour, j'avais l'air d'un ZOMBIE et le cinquième, j'étais dé-truit !

Les chercheurs, en revanche, se passionnaient tellement pour leur travail qu'ils ne semblaient JAMAIS fatigués ! Coriaces, ces gars-là, *ou plutôt ces rats-là.*

Puis, une nuit, je me retrouvai avec Blandine

Argh!

Un peu de lasagnes?

Scouiiiit!

4e jour

5e jour

Un vrai zombie!

Dé-truit!

Chafouine et Doc qui assuraient la permanence, leurs postes de travail étant voisins.

C'étaient deux des meilleures scientifiques du groupe, et elles paraissaient vraiment infatigables. Je m'efforçai de garder les **YEUX** bien ouverts, comme Farfouin me l'avait demandé, mais j'avais terriblement sommeil. Pour rester éveillé, j'avais bu quinze 🍵🍵🍵🍵🍵🍵 de thé, sans grand effet.

Heureusement, plus tard dans la nuit, le professeur Souratonov passa voir comment avançaient les recherches et m'apporta le 🄻🄸🅅🅁🄴 dans lequel il était question de la ratillite.

– Lisez-le, Geronimo, il vous intéressera ! Je sais que vous êtes passionné de livres anciens…

C'est alors que Doc déclara :

– Professeur Souratonov, j'ai fait une découverte **sensationnelle** !

Tous deux allèrent discuter dans un coin et, à plusieurs reprises, le professeur s'exclama :

– Excellent ! Magnifique ! Sensationnel ! Bravo !

Pendant un instant, il me sembla que Blandine Chafouine tendait l'oreille pour écouter, curieuse. Une fausse impression, certainement : tous faisaient partie d'une même équipe, pourquoi aurait-elle eu besoin d'espionner ?

J'écartai donc cette idée et je me mis à feuilleter le vieux traité sur la ratillite, oubliant un moment ma fatigue.

C'était un livre très ancien, avec de merveilleuses illustrations relevées à l'aquarelle. Il décrivait les symptômes de la ratillite, la façon dont cette maladie des pustules bleues s'était répandue au Sourikistan, au temps jadis, mais il ne disait rien de ses causes, ni des soins nécessaires pour la guérir.

Je m'aperçus tout à coup qu'il manquait plusieurs pages… Elles avaient été arrachées. Bizarre !

Puis je me dis que ce n'était sûrement pas si

bizarre que cela, car il MANQUE souvent des pages dans les livres anciens... Tandis que ces pensées me traversaient l'esprit, mes paupières se faisaient **LOURDES**, **LOURDES**... de plus en plus **LOURDES**... Et sans m'en rendre compte, je plongeai dans un sommeil de plomb.

UN DÉSASTRE TOTAL, GLOBAL, FATAL !

Quand j'émergeai, de longues heures plus tard, j'étais LIGOTÉ comme un saucisson à ma chaise pivotante, et une voix me *HURLAIT* :

– Réveille-toi !

J'ouvris les yeux : un gars, *ou plutôt un rat*, vêtu d'un imperméable jaune, se tenait devant moi. C'était mon ami Farfouin Scouit, qui me fixait, furieux, les pattes sur les hanches.

– Gero*mini*, pourquoi tu n'as pas écouté ton '*tit* pote ? Je te l'avais bien dit, de garder l'ŒIL ouvert ! Je dois filer, on se retrouve dans une heure à l'usine Souritec ! J'ai mené mon ENQUÊTE, et il y a un truc pas clair !

Je regardai autour de moi : tout le laboratoire était

sens dessus dessous : éprouvettes renversées, équipements brisés, sol inondé...

Un désastre total, global, fatal!

Elle, Doc, était là, dans un coin, inconsciente. Ligotée comme un saucisson elle aussi, avec une énorme **bosse** sur le crâne.

Je courus la libérer. Elle ouvrit ses grands yeux verts et me dit :

– Oh... merci, joli coco, mon sauveur ! Tu es

Oh, joli-coco, mon sauveur !

donc moins **empoté** que tu en as l'air ! Peut-être que… sait-on jamais… un jour… je pourrais même envisager de me fiancer avec toi ! Mais il faudrait que tu sois beaucoup moins **nigaud** que tu l'es d'habitude !

En un clin d'œil, je fus rouge comme une tomate mûre.

– Devenir moins nigaud ? Bah, je te promets de faire de mon mieux !

Elle sourit et me **PINÇA** le bout du museau.

– Tu viens de me sauver : tu es un héros, donc ça change tout, mon coco !

L'émotion me faisait tourner la tête et je **bafouillai** :

– N-nous av-avons d-des s-soucis p-plus g-graves, pour l'instant ! Que s'est-il passé ? Qui t'a donné un **coup** sur la tête ? Tu as vu quelque chose ?

– Je n'ai rien vu du tout, hélas ! Je venais d'expliquer au professeur Souratonov que j'avais probablement trouvé un **TRAITEMENT** pour soigner la **ratillite** ! Il a quitté le laboratoire, je suis revenue à mon poste et je me suis CONCEN-TRÉE sur mon travail. Soudain, j'ai ressenti un choc violent, puis j'ai perdu connaissance…

C'est alors que je m'aperçus d'une chose étrange : Blandine Chafouine avait disparu ! Bizarre !

D'un bond, je déclenchai la sirène d'alarme, qui retentit dans tout le bâtiment :

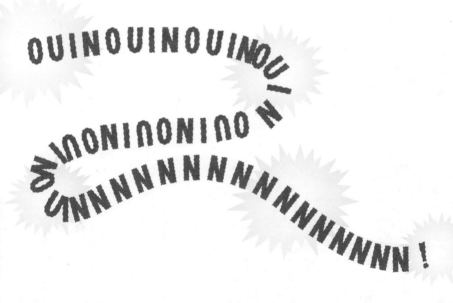

OUINOUINOUINOUINOUINOUINONINNNNNNNNNNNNNNNN !

C'était le seul moyen pour faire accourir immédiatement tous les scientifiques présents sur le campus.

Le professeur Souratonov fut le premier sur les lieux, *impeccable* et *élégant*, comme toujours.

– Que se passe-t-il ? demanda-t-il. Un incendie ? Une inondation ? Une fuite de gaz ?

Je m'écriai :

– C'est un désastre total, global, fatal !

Que se passe-t-il ?

Nous voilà !

Peu après, toutes les rongeuses et tous les rongeurs du **campus** avaient rejoint le point de rendez-vous en cas d'urgence, dans la cour.

Je constatai alors qu'une seule MANQUAIT à l'appel : Blandine Chafouine n'avait pas réapparu… Bizarre !

Benjamin et Pandora étaient là, accompagnés de Téa. Je les rejoignis et les embrassai, pour les rassurer.

– Ne craignez rien, les souriceaux, tout est sous contrôle (*enfin presque*) !

C'est un désastre total !

Qu'est-il arrivé ?

Ma sœur Téa et moi, nous accompagnâmes le professeur au laboratoire pour constater les dégâts. Malheureusement, tout avait été DÉTRUIT : microscopes, ordinateurs, notes...

Un désastre total, global, fatal !

Il était désormais impossible de poursuivre les recherches !

Une seule et terrible question tournait en boucle dans nos petites cervelles : qui, qui, mais qui pouvait avoir commis un tel forfait ?

Il fallait être affreusement MALVEILLANT pour détruire ainsi le travail dont dépendait le salut de tant de souris (*c'est que nous y tenons beaucoup, à notre pelage, nous autres rongeurs !*). Soudain, je sentis qu'on tirait sur la manche de ma blouse : c'étaient Pandora et Benjamin. Mon neveu me chuchota :

– Oncle G, nous avons une idée...

Pandora s'écria :

– C'EST UNE IDÉE ASSOURISSAAAAAAAANTE !

Le professeur Souratonov et son équipe pourraient utiliser le laboratoire de notre école ! Il est tout neuf, super bien équipé avec du matériel ultra-moderne, des ordinateurs et des microscopes de dernière génération !

Par mille mimolettes, c'était vraiment une idée assourissante !

Je les embrassai tous les deux.

– Excellente idée, mes petits ! Je suis fier de vous !

Tout n'est peut-être pas perdu…

Excellente idée, mes petits !

Hourra !

Youpi !

TU VEUX
UNE BANANETTE ?

C'était déjà le **MATIN**, il n'y avait plus une minute à perdre. Vif comme l'éclair, je téléphonai à la directrice de l'école et au maire, pour avoir l'autorisation d'utiliser le **laboratoire**.

Le professeur Souratonov et tous ses collaborateurs se mirent en route pour l'école afin d'y reprendre leurs **recherches**, et sur ces entrefaites, je me dépêchai de rejoindre Farfouin à l'usine Souritec.

Je me cachai derrière un **bananier** pour observer l'usine. C'est alors que le bananier parla :

– Hé, pssssst, Gero*mini*, tu veux une bananette ?

Par mille mimolettes, c'était Farfouin !

Il me fit signe de me taire et, d'une poche de son imperméable jaune, tira une paire de jumelles

super puissantes et un **MOUCHARDOPHONE**, un curieux appareil de son invention pour écouter les conversations à distance. Il me les tendit en chuchotant :

– Tiens, Gero*mini*, ramone un peu tes conduits acoustiques et fais danser tes yeux* ! Quelque chose de **LOUCHE** se trame ici, ouaisouaisouais, ou je ne m'appelle plus Farfouin Scouit !

Je mis les écouteurs, et pointai les jumelles sur une fenêtre ouverte, au rez-de-chaussée de l'usine.

Par mille mimo-lettes, je faillis en couiner de surprise ! Car voici ce que je vis...

Au rez-de-chaussée de l'usine *Souritec* se trouvaient Sally Rasmaussen et... devinez un peu... oui,

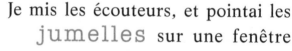

* Faire danser ses yeux : regarder autour de soi, dans le langage de Farfouin.

la chercheuse manquante, elle-même, Blandine Chafouine !

Elle tenait dans ses pattes une liasse de **plans** et une **ÉPROUVETTE** pleine de liquide.

J'orientai le mouchardophone dans leur direction, et voici ce que j'entendis :

– **BRAVO, MA CHÈRE, BIEN JOUÉ, ALORS !** Grâce à toi, les recherches de Souratonov sont au point mort ! Cette Doc était à deux

Sally Rasmaussen

Blandine Chafouine

doigts de découvrir le REMÈDE contre la ratillite ! Nous devons être les seules à le détenir, ainsi, nous pourrons rançonner toutes les souris : elles devront nous remettre un tas d'OR, ou bien... **dire adieu à leurs queues !**
Acide, Blandine Chafouine chicota :

– Nous sommes associées, certes. Il n'empêche que c'était *mon* idée, de répandre la ratillite dans toute la ville ! *C'est moi* qui ai déniché la description de cette ancienne maladie dans ce vieux livre à la bibliothèque de Sourisia ! *C'est moi* qui me suis introduite dans le laboratoire ! *C'est moi* qui ai réussi à arrêter Doc et les autres collaborateurs du professeur Souratonov avant qu'ils trouvent le traitement ! Donc tu sais quoi ? Eh bien, j'ai droit à une plus grosse part du butin !
Sally hurla, hystérique :

– Comment oses-tu ?! C'est **MON** usine, *ça alors* ! **C'EST MOI** qui l'ai fait construire, *non mais* *alors* ! **C'EST MOI** qui ai fabriqué le concentré pour répandre la ratillite, *alors là* ! **C'EST MOI** qui l'ai fait vaporiser de mes avions au-dessus de la ville, *non mais alors* ! **C'EST MOI, ALORS!** **ALORS! ALOOOORS!**

J'étais indigné ! Quelles rongeuses **SANS SCRU-PULE** ! Il fallait les arrêter, et tout de suite !

Aussi, sans nous poser de question, nous courûmes jusqu'à la fenêtre et **BONDÎMES** dans la pièce.

Farfouin lança son fameux cri de guerre :

– FARFARFARFARFARFARFOUINFOUINFOUINFOUINSCOUIT !

Puis il **BRAILLA** :
– *'Tites* malignes, on vous tient !
Mais elles éclatèrent de rire :

_Ha, ha, ha ! Essayez donc de nous arrêter, imbéciles !

La ratillite est partout, désormais, et nous sommes les seules à posséder le remède ! Ou le maire nous donne un tas de pièces d'**or**, ou bien vous dites **adieu** à vos queues !!!

DONNONS UNE LEÇON À CES RATS D'ÉGOUT, *NON MAIS ALORS* !

Les moustaches vibrant d'indignation, je m'écriai :

– Honte à toi, Sally, je ne t'aurais jamais cru capable de ça ! Et vous, Blandine Chafouine, vous n'avez pas honte ? Une scientifique ne devrait pas se comporter ainsi !

– Mais je ne suis pas une scientifique ! Et je ne m'appelle pas Blandine Chafouine !

Elle enleva son masque, sa perruque et ses lunettes… Alors, je la reconnus : c'était **Ombre** !

– Quant à moi, je ne suis pas Sally ! lança la fausse Sally en ôtant masque, perruque et pantalon fuchsia.

Et je compris que j'avais affaire au malfaisant…

NÉMO !

VOICI LEURS VÉRITABLES IDENTITÉS !

Prénom : Ombre.

Nom : Rassmaussen.

Qui est-elle : la cousine de Sally Rassmaussen.

Profession : Ombre est la plus célèbre voleuse de Sourisia, c'est une rongeuse sans scrupule, prête à tout pour s'enrichir.

Signe particulier : elle emprunte mille déguisements pour commettre ses méfaits.

Prénom : Némo.

Nom : personne ne le connaît.

Qui est-il : personne n'a jamais vu son visage.

Profession : on dit qu'il est le rongeur le plus malfaisant de l'île des Souris.

Signe particulier : il porte toujours un imperméable sombre et un chapeau à large bord pour dissimuler son visage, enfin, c'est ce qu'on dit…

Ha, ha, ha !

Essayez de nous attraper, imbéciles !

'Tits malins !

Après quoi, sans nous laisser le temps de réagir, ils bondirent par la fenêtre et s'enfuirent en criant :

– Et rappelez-vous : nous voulons un tas d'**or**, ou sinon… **dites adieu à vos queues !** Nous prendrons bientôt contact avec le maire !

Nous nous lançâmes à leur poursuite, mais à ce moment-là arriva un **HÉLICOPTÈRE**, d'où une corde tomba. Némo et Ombre s'y agrippèrent et s'échappèrent en ricanant :

– *ESSAYEZ DONC DE NOUS ATTRAPER, IMBÉCILES!*

Entre-temps, dans la pièce où nous nous trouvions une minute auparavant, une armoire s'était mise à faire de drôles de bruits… Nous rentrâmes, j'ouvris le meuble et nous en vîmes sortir **Sally Rasmaussen**! Elle rouspéta :

– Il était temps que quelqu'un me *LIBÈRE, non mais alors*! Merci, Stilton! C'est cette Blandine Chafouine, enfin, Ombre, qui m'a enfermée… Elle m'a roulée dans la farine et m'a convaincue de la **financer**!

Mais c'est Sally!

Je lui répondis :

– Je suis content que tu ne sois pas de mèche avec ces **RATS D'ÉGOUT**, Sally…

Elle m'interrompit :

– Assez de *simagrées*, Stilton ! Je suis ton ennemie, et je le resterai ! Ce n'est qu'une trêve, pour le bien de toutes les souris. Ensuite… CE SERA LA GUERRE, COMME AVANT !

Je lui serrai la patte en lui disant :

– Tu es ma concurrente, je ne t'ai jamais considérée comme une ennemie. Mais soit, d'accord : c'est la trêve !

Farfouin sortit de son imperméable un plateau chargé de trois verres de milk-shake à la banane et s'exclama :

– On fête ça ?

Comme nous trinquions, je m'aperçus que dans sa fuite, Ombre avait laissé choir deux feuilles de papier…

La ratillite désourisante (ou maladie des pustules bleues) semble être liée à une espèce particulière d'ail, l'ail bleu du Sourikistan.

J'ai souvent observé que les patients atteints de ratillite avaient été en contact avec cette espèce toxique d'ail nauséabond : c'étaient des paysans, ou des portefaix, ou bien des malheureux qui en avaient par mégarde ingéré un morceau…

C'étaient les pages manquantes du traité sur la ratillite ! Et elles contenaient des informations **ca-pi-ta-les** ! Le professeur Souratonov saurait certainement en tirer profit pour trouver le remède !

Nous sautâmes dans la bananamobile et nous fonçâmes vers l'école. Farfouin mit toute la gomme, en lançant son cri de guerre :

– **FARFARFARFARFARFOUINFOUINFOUINFOUINSCOUIT !**

Sally l'encouragea :

– Allez, allez, alleeeeez ! Donnons une leçon à ces **RATS D'ÉGOUT**, *non mais alors !*

Allez, allez, alleeeeez !

En route, pâle comme un cachet d'aspirine tant j'avais la frousse, je téléphonai au maire :

– Monsieur le maire, c'est moi, Stilton, Geronimo Stilton…

– Monsieur Stilton, j'allais vous appeler ! Némo et Ombre exigent un tas d'or pour nous remettre le traitement contre la maladie des **pustules bleues** !

– Ne cédez pas à leur chantage ! Nous sommes sur le point de trouver le REMÈÈÈÈÈÈÈDE !

SOURIS POUR MOI, SOURIS POUR TOUS !

En un éclair, nous arrivâmes à l'école de Benjamin et Pandora. Nous nous ruâmes au laboratoire en agitant les deux pages manquantes du vieux  sur la ratillite.

Nous avons le remède !

Le professeur Souratonov nous rejoignit et examina longuement les deux pages, puis il murmura :

– Hem… intéressant…

Puis il s'éloigna sans rien dire, et s'enferma pendant de longues heures dans le laboratoire avec toute son ÉQUIPE.

Quand il en sortit, il annonça, satisfait :

– Amis rongeurs, nous avons trouvé le remède contre la ratillite désourisante ! Il faut l'administrer à tout le monde le plus vite possible, avant qu'il soit trop tard !

Sally s'écria :

– Donnez-moi ça, je me charge de le faire fabriquer dans mon usine !

Téa s'exclama :

– Je me charge de le vaporiser au-dessus de la ville avec mon avion !

Farfouin (*qui a un faible pour ma sœur*) chicota :

– *Par mille bananettes*, je me charge d'accompagner Téa !

Traquenard brailla :

– Je me charge de vous soutenir le moral avec mes blagues !

Je m'époumonai :

– Je me charge d'informer tout le monde de l'imminence du REMÈDE !

Pandora et Benjamin piaillèrent :

– On se charge d'aider oncle G !

Doc, arrivée entre-temps, clama :

– Je me charge d'organiser une grande *fête* !

Et tous, nous nous prîmes par les pattes pour crier ensemble la devise des souris :

Après quoi, chacun se hâta d'aller accomplir sa tâche. Avec l'aide de Benjamin et de Pandora, je préparai un long **article** pour *l'Écho du rongeur*. Les lecteurs devaient savoir toute la vérité sur la ratillite, et sur l'affreux chantage ourdi par Némo et Ombre !

Je l'intitulai : « L'étrange affaire des pustules bleues ». Lorsque je l'eus achevé et confié à la rédaction, je me rappelai que je n'avais pas fermé l'œil depuis des jours !

QUELLE FATIGUE !

Soudain, mes paupières se firent **LOURDES**...

J'eus tout juste le temps de voir l'avion de ma sœur Téa survoler Sourisia en vaporisant de petits **nuages** roses : c'était le remède contre la ratillite !

Puis je sombrai dans un sommeil de plomb :

– Zzzzzzzzz !

La première chose que je vis en me réveillant fut le museau de Farfouin. Autour de moi se tenaient Téa, Traquenard, Benjamin, Pandora et le *professeur Souratonov*. Tous me fixaient d'un air inquiet. Bizarre !

Je me touchai le bout du museau et découvris (*horreur !*) une énorme pustule. Je hurlai :

– AAAAH, UNE PUSTULE BLEUE !

Je manquai m'ÉVANOUIR de frousse, mais Traquenard éclata de rire.

– Elle t'a plu, ma blague, gros nigaud de cousin ? Tu n'as pas attrapé la ratillite, c'est une fausse pustule ! Nous avons vaincu la maladie !

C'était une plaisanterie de fort mauvais goût, mais j'étais si heureux de ne pas être malade que j'éclatai de rire à mon tour.

– Hourra, la ratillite est vaincue ! C'est la fête !

Et c'est ainsi, avec une grosse **TROUILLE**, un grand éclat de rire et une belle *fête* en bonne compagnie, que se termine cette histoire. J'espère vivement qu'elle vous a plu !

Une dernière chose, avant de vous saluer, souvenez-vous : **l'union fait la force et** à chaque problème, sa solution, ensemble, on peut la trouver !

Au revoir et à la prochaine aventure !

Votre ami Stilton, *Geronimo Stilton* !

TABLE DES MATIÈRES

UNE JOURNÉE VRAIMENT SPÉCIALE   7

UNE SOURIS DÉGOURDIE, BRILLANTE
ET SÛRE D'ELLE…   16

ARGH ! UNE PUSTULE BLEUE !   22

UN CORNET GÉANT DE GLACE À LA BANANE…   30

UNE ÉTRANGE NOUVELLE…   40

UN CAS TYPIQUE DE… BÉGUIN SANS ESPOIR !   48

QUELLE ÉQUIPE ASSOURISSANTE, MES AMIS !   56

NIVEAU DE SÉCURISOURITÉ 3 !   64

LA RATILLITE DÉSOURISANTE   72

NUIT ET JOUR, SANS FERMER L'ŒIL !   80

UN DÉSASTRE TOTAL, GLOBAL, FATAL !   86

TU VEUX UNE BANANETTE ?   94

DONNONS UNE LEÇON À CES RATS D'ÉGOUT,
NON MAIS ALORS !   102

SOURIS POUR MOI, SOURIS POUR TOUS !   110

Geronimo Stilton

DANS LA MÊME COLLECTION

70
BONS BAISERS DU BRÉSIL

71
NOËL À NEW YORK

72
SUR LA PISTE DU LIVRE D'OR

1. Le Sourire de Mona Sourisa
2. Le Galion des chats pirates
3. Un sorbet aux mouches pour monsieur le Comte
4. Le Mystérieux Manuscrit de Nostraratus
5. Un grand cappuccino pour Geronimo
6. Le Fantôme du métro
7. Mon nom est Stilton, Geronimo Stilton
8. Le Mystère de l'œil d'émeraude
9. Quatre Souris dans la Jungle-Noire
10. Bienvenue à Castel Radin
11. Bas les pattes, tête de reblochon !
12. L'amour, c'est comme le fromage...
13. Gare au yeti !
14. Le Mystère de la pyramide de fromage
15. Par mille mimolettes, j'ai gagné au Ratoloto !
16. Joyeux Noël, Stilton !
17. Le Secret de la famille Ténébrax
18. Un week-end d'enfer pour Geronimo
19. Le Mystère du trésor disparu
20. Drôles de vacances pour Geronimo !
21. Un camping-car jaune fromage
22. Le Château de Moustimiaou

23. Le Bal des Ténébrax
24. Le Marathon du siècle
25. Le Temple du Rubis de feu
26. Le Championnat du monde de blagues
27. Des vacances de rêve à la pension Bellerate
28. Champion de foot!
29. Le Mystérieux Voleur de fromage
30. Comment devenir une super souris en quatre jours et demi
31. Un vrai gentilrat ne pue pas!
32. Quatre Souris au Far West
33. Ouille, ouille, ouille... quelle trouille!
34. Le karaté, c'est pas pour les ratés!
35. L'Île au trésor fantôme
36. Attention les moustaches... Sourigon arrive!
37. Au secours, Patty Spring débarque!
38. La Vallée des squelettes géants
39. Opération sauvetage
40. Retour à Castel Radin
41. Enquête dans les égouts puants
42. Mot de passe: Tiramisu
43. Dur dur d'être une super souris!
44. Le Secret de la momie
45. Qui a volé le diamant géant?
46. À l'école du fromage

47. Un Noël assourissant!
48. Le Kilimandjaro, c'est pas pour les zéros!
49. Panique au Grand Hôtel
50. Bizarres, bizarres, ces fromages!
51. Neige en juillet, moustaches gelées!
52. Camping aux chutes du Niagara
53. Agent secret Zéro Zéro K
54. Le Secret du lac disparu
55. Kidnapping chez les Ténébrax!
56. Gare au calamar!
57. Le vélo, c'est pas pour les ramollos!
58. Expédition dans les collines Noires
59. Bienvenue chez les Ténébrax!
60. La Nouvelle Star de Sourisia
61. Une pêche extraordinaire!
62. Jeu de piste à Venise
63. Piège au parc des mystères
64. Scoops en série à Sourisia
65. Le Secret du karaté
66. Le Monstre du lac Lac
67. S.O.S. Souris en orbite!
68. Dépêche-toi, Cancoyote!
69. Geronimo, l'as du volant
70. Bons baisers du Brésil
71. Noël à New York
72. Sur la piste du Livre d'or

Et aussi...

Le Voyage dans le temps tome I
Le Voyage dans le temps tome II
Le Voyage dans le temps tome III
Le Voyage dans le temps tome IV
Le Voyage dans le temps tome V
Le Royaume de la Fantaisie
Le Royaume du Bonheur
Le Royaume de la Magie
Le Royaume des Dragons
Le Royaume des Elfes
Le Royaume des Sirènes
Le Royaume des Rêves
Le Royaume de l'Horloge magique
Le Secret du courage
Énigme aux jeux Olympiques

Les Préhistos
1. Pas touche à la pierre à feu !
2. Alerte aux météorites
   sur Silexcity !
3. Des stalactites dans
   les moustaches !
4. Au trot, trottosaure !
5. Tremblements de rire à Silexcity
6. Un micmac préhistolympique !
7. Le Trésor de Piratrouk le Piraton
8. Peut-on adopter un bébé
   terriblosaure ?

L'ÉCHO DU RONGEUR

L'ÉCHO DU RONGEUR

1. Entrée
2. Imprimerie
   (où l'on imprime les livres et le journal)
3. Administration
4. Rédaction (où travaillent les rédacteurs,
   les maquettistes et les illustrateurs)
5. Bureau de Geronimo Stilton
6. Piste d'atterrissage pour hélicoptère

Fleuve Souris

Plage

Sourisia, la ville des Souris

1. Zone industrielle de Sourisia
2. Usine de fromages
3. Aéroport
4. Télévision et radio
5. Marché aux fromages
6. Marché aux poissons
7. Hôtel de ville
8. Château de Snobinailles
9. Sept collines de Sourisia
10. Gare
11. Centre commercial
12. Cinéma
13. Gymnase
14. Salle de concerts
15. Place de la Pierre-qui-Chante
16. Théâtre Tortillon
17. Grand Hôtel
18. Hôpital
19. Jardin botanique
20. Bazar des Puces-qui-boitent
21. Maison de tante Toupie et de Benjamin
22. Musée d'Art moderne
23. Université et bibliothèque
24. La Gazette du rat
25. L'Écho du rongeur
26. Maison de Traquenard
27. Quartier de la mode
28. Restaurant du Fromage d'or
29. Centre pour la Protection de la mer et de l'environnement
30. Capitainerie du port
31. Stade
32. Terrain de golf
33. Piscine
34. Tennis
35. Parc d'attractions
36. Maison de Geronimo Stilton
37. Quartier des antiquaires
38. Librairie
39. Chantiers navals
40. Maison de Téa
41. Port
42. Phare
43. Statue de la Liberté
44. Bureau de Farfouin Scouit
45. Maison de Patty Spring
46. Maison de grand-père Honoré

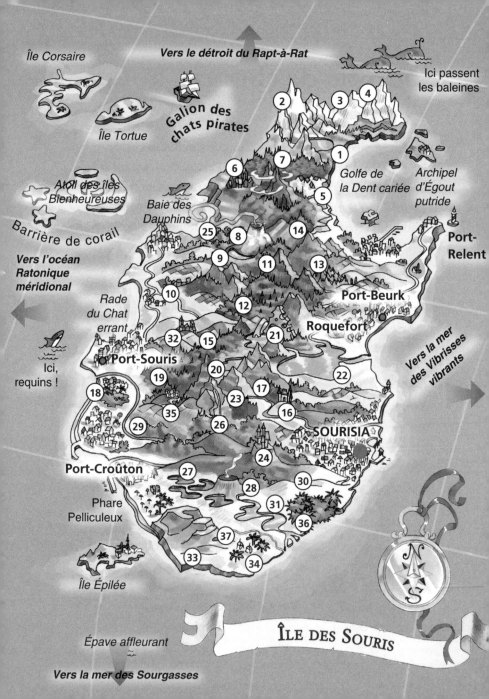

ÎLE DES SOURIS

Île des Souris

1. Grand Lac de glace
2. Pic de la Fourrure gelée
3. Pic du Tienvoiladéglaçons
4. Pic du Chteracontpacequilfaifroid
5. Sourikistan
6. Transourisie
7. Pic du Vampire
8. Volcan Souricifer
9. Lac de Soufre
10. Col du Chat Las
11. Pic du Putois
12. Forêt-Obscure
13. Vallée des Vampires vaniteux
14. Pic du Frisson
15. Col de la Ligne d'Ombre
16. Castel Radin
17. Parc national pour la défense de la nature
18. Las Ratayas Marinas
19. Forêt des Fossiles
20. Lac Lac
21. Lac Lac Lac
22. Lac Laclaclac
23. Roc Beaufort
24. Château de Moustimiaou
25. Vallée des Séquoias géants
26. Fontaine de Fondue
27. Marais sulfureux
28. Geyser
29. Vallée des Rats
30. Vallée Radégoûtante
31. Marais des Moustiques
32. Castel Comté
33. Désert du Souhara
34. Oasis du Chameau crachoteur
35. Pointe Cabochon
36. Jungle-Noire
37. Rio Mosquito

Au revoir, chers amis rongeurs, et à bientôt
pour de nouvelles aventures.
Des aventures au poil, parole de Stilton, de…

Geronimo Stilton